图书在版编目（CIP）数据

海边的画室 /（日）堀川理万子著、绘；（日）猿渡静子译．— 北京：科学普及出版社，2025. 8（2025.10 重印）．— ISBN 978-7-110-10948-9

Ⅰ．I313.85

中国国家版本馆 CIP 数据核字第 2025VE8088 号

北京市版权局著作权合同登记　图字：01-2025-1813

海边的画室

策划编辑：阎晓慧	版式设计：北京京狮堂文化传播有限公司
责任编辑：阎晓慧	责任校对：焦宁
封面设计：巫粲	责任印制：李晓霖
出版：科学普及出版社	邮编：100081
发行：中国科学技术出版社有限公司	发行电话：010-62173865
地址：北京市海淀区中关村南大街 16 号	传真：010-62173081
网址：http://www.cspbooks.com.cn	
开本：889 mm × 1194 mm　1/16	
印张：2.5	字数：50 千字
版次：2025 年 8 月第 1 版	印次：2025 年 10 月第 2 次印刷
印刷：北京博海升彩色印刷有限公司	
书号：ISBN 978-7-110-10948-9 / I·794	定价：49.80元

海边的画室

[日] 堀川理万子 著 / 绘 [日] 猿渡静子 译

科学普及出版社
·北 京·

我喜欢奶奶的房间，因为待在里面感觉很舒服。

自从和奶奶住在一起，我们就经常聊天。

奶奶房间的墙上，挂着一幅一个女孩的画像。

那是一幅老画，画中女孩睁着圆圆的眼睛，似乎一直在看我。

“奶奶，这个女孩是谁？”

奶奶说：“这个孩子就是我呀。”
我大吃一惊：“原来是奶奶呀，难怪我总觉得在哪儿见过她。”
“当时我和你的年纪差不多大。”“那是谁画的呢？”
“我给你讲一讲画这幅画的人吧。”
奶奶向我讲起了她童年时的一段特殊经历。

“当时，我遇到了许多糟糕的事情，不能去学校上学了。
到了暑假，我哪儿都没去，就把自己关在家里。
那个人邀请了我，她说：‘来我家玩吧，你一个人。’”
“就你一个人？”“是的，我在那里待了整整一个星期。”

“那个人是我母亲多年前认识的一位老朋友，
她一个人住在海边的画室，以画画为生。”
“原来是一位画家啊。”
“对！我一直很喜欢这位画家。
于是，我背着装满换洗衣服的书包，去了她那儿。”

“她的画室，天花板很高，从那里可以看见大海。
画室里有一只尾巴长长的黑猫，
还有一幅正在创作的大大的画。
画家对我说了句‘你在那边坐一下’，便开始画画。
她很快就沉浸在创作的世界里，似乎忘了我的存在。
我一边和猫玩，一边看她画画，
一点儿也没觉得无聊。”

“渐渐地，远处的大海和天空都变成了橘色。
‘呀，已经这么晚了！’画家惊讶地说。
看到她准备做晚餐，我松了一口气。”
“奶奶，你的肚子肯定早就饿了。”
“嗯，晚饭时，我看见桌子上摆着的菜肴，
没有一样我能叫出名字。画家说：
‘当然了，这些全是我自己想出来的。’
开饭前，画家和我碰了杯。
她高举着一杯西瓜味的水，对我说：
‘欢迎来到海边的画室！’”

“饭后收拾完，我们一起看书。
书柜里有很多绘本、大的画集和写真集。
画家跟我说，无论哪种语言的书，都可以随便看。
也许就是那时候，在那里看的书，让我对国外产生了向往。”
“所以，奶奶后来才成了一名英语老师吧？”“可能是。”

“洗完澡，画家让我睡在画室角落里的一张床上。
那是一张老木床，翻身的时候会嘎吱嘎吱响。”
“奶奶，你不害怕吗？”
“有猫咪陪着我一起睡，所以我不觉得害怕。
听着窗外唧唧唧唧的虫鸣声，我不知不觉地睡着了。”

“第二天一睁开眼睛，我吓了一跳。

我看见，在洒满晨光的房间里，画家正在倒立。

她头朝下微笑着说‘早上好’。

她说，每天清晨，在开启新的一天时，她都会倒立着看世界。”

“倒立完之后，她就放上音乐，开始做起奇怪的体操——
伸展胳膊和腿，然后来回摇晃，或者蹲下，再跳起来。
看上去像跳舞一样有趣，我忍不住也跟着做了起来。
做完体操，我们一起吃早餐，然后出去散步。我们两个人都穿着泳衣。”

“早晨的海边，非常安静。
我们一边走，一边拾拾贝壳，闻一闻被冲到海滩上的海草。
在空无一人的海里游泳，感觉特别好。
画家虽然穿着泳衣却没去游泳，我问她为什么，
她笑着说：‘吹着海风，看着海浪，就很好。’
后来我才明白，如果我溺水了，她穿着泳衣可以随时来救我。”

“回到家，画家开始画画。”“是继续画前一天的那张大大的画吗？”
“不是。她用水彩在薄薄的纸上画了好几幅画。”“哦，什么样的画？”
“它们都很美，但我看不太懂。有的像天空，有的像大海，有的像花，或者其他有生命的东西。
她说，她在练习把内心看到的东西，用形状和色彩表现出来。”

“看着那些画，我也想画点儿什么，但把白纸放在面前，我又不知道画什么。
这时，画家对我说：
‘每个人都能在自己的心里创作故事，因为无论是谁，他的内心都是自由的。
听一听心里的想法，然后把它们画出来就好，那就是你真正想要的。’”

“画家告诉我：‘这里的东西，你都可以用。’
她还拿出一张大大的纸，大到足够让我躺在上面。
一开始，我在纸的边缘处小心翼翼地涂涂画画，
但画着画着，我就乐在其中了。

我把颜料涂在手上，就像盖章那样往纸上按压。
我用这样的方式画了前一天看到的海上的日落。
我记得，她为此对我大加赞赏。”

“然后，我又在一张纸上，画满了海滩上散落着的美丽贝壳。
我还把颜料涂在脚底，在上面走来走去。
结果，我的脚粘到纸上，动弹不得。
画家哈哈大笑着，把我抱到了浴室。”

“之后的每一天，我早上起床练习倒立，吃完早饭就去海边。
哦，对了，在院子里晾晒衣服也是我的任务。
剩下的时间，我就和猫咪玩耍、睡午觉、看书，
或者自己画画，或者看画家画画。”

“画家的一天则是这样的，早晨散步回来，开始画画，
中午开车出去买完东西，到家后又开始画画。
有时候她会停下来，捏捏黏土，思考一会儿再画。
有时候她会打扫卫生、做做饭，然后继续画。日复一日，每天如此。”

“有一次，她开车带我去了附近的美术馆。
我被那里一件小小的雕塑深深吸引。
那是一张悲伤的女人的脸，名字叫‘花子面具’。
这是法国雕塑家罗丹，以一个日本人为模特创作的雕塑。”

“我说：‘这个人看起来好像很痛苦。’
画家说：‘对！这是一张能展现内心世界的脸，真是了不起。’
我心想，原来是这样啊——即使是一张痛苦的脸，也可以很美好。
然后，画家提议道：‘我们也来画一画对方的脸吧。’”

“那天，我们回到画室后，她就为我画了这幅画。”

“需要一直一动不动吧，
要是鼻子痒起来，怎么办？”
“哈哈哈，画家告诉我，痒了就挠一挠。”

“后来，我也给画家画了一幅画。
我仔细观察她的脸，发现了以前未曾注意到的东西。
原来眉毛的形状是这样的，耳朵上还有一颗痣，等等。”

“画家画的我，虽然没有我期待的那么可爱，
但我觉得，她肯定不是别人，她就是我，
那个时候的我。

画家果然是画家，对着我那不像样的画说：
‘哈哈，原来是这样呀。’
然后盯着画看了许久。”

“就这样，五天过去了。在我要回家的前一天，我们开了一个派对，还把我那几天画的所有的画，都挂到了墙上。

然后，我们一起出门买东西，一起做饭。”

“我们去田野，采了些花花草草，
去海滩，捡了贝壳和石子儿，
然后用它们装饰餐桌。”

“我们从早上开始准备，一直忙到傍晚。”“好羡慕呀，奶奶，我也想开那样的派对。”

“派对是从干杯开始的。”
“还是用水干杯吗？”
“是的，但是水里加了青柠，
还放了薄荷叶，做成了大人爱喝的味道。
然后，画家让我发表感言。”
“感言？奶奶，你说了什么？”
“我说：‘我画了很多画，读了好多绘本，
还经常和猫咪一起玩耍。
我在这里的每一天都过得非常开心。’
画家举起手，啪啪啪地为我鼓掌。”

“最后一天，我们又去了海边。
像往常一样，我们俩都穿着泳衣，但那天我也没有游泳。
海风轻轻吹拂着，我们一边听着海浪声，一边坐在岩石上眺望大海。”
“我明白了。奶奶，一定是这些，让你想永远记住那个夏天。
我也好希望能遇到这样一位画家。”

“会的，你将来一定可以遇到生命中重要的那个人。
你要永远记住，那一天一定会到来的。”
奶奶看着我的脸说。
她的眼睛，与墙上那幅画中的女孩一模一样。

童年时，我曾跟着家附近的一位女画家学画画。

她一个人独自生活在一个天花板很高、很安静的画室。

她是我遇到的第一个不把我当“小孩子”看待的大人，

就像这本书中的“画家”一样。

长大后，我也成了画家。

但是，即便没有成为画家，我依然认为她是对我影响深远的人。

——堀川理万子

堀川理万子

1965 年出生于东京，毕业于东京艺术大学研究生院美术研究专业。作为画家，除了定期举办绘画作品的个展，还以绘本作家、插画家的身份发表作品。其主要作品有《我的浓汤、妈妈的浓汤》《今昔物语绘本：权大纳言与跳舞的蘑菇》《人偶的平安生活绘本》《狐狸的溜冰鞋》《吓一跳，松塔》《冰河鼠的毛皮》等。